In 27
2924

RENCONTRE

DE

BAYLE,

ET DE

SPINOSA

Dans l'autre monde.

A COLOGNE,

Chez PIERRE MARTEAU,
M. DCC. XIII.

DIEU RECONNU.

PREFACE.

Boudon a eu raiſon de publier un petit Livre ſous le titre de Dieu inconnu. Helas ! il n'eſt que trop inconnu cét adorable : Helas ! il eſt connu de ſi peu de gens, au moins d'une connoiſſance differente de celle des Diables, qui le connoiſſent & qui en tremblent. mais qui ne luy obeiſſent pas ! Les Aténiens ont dreſſé un Autel au Dieu inconnu, aujourd'huy on luy preſente de l'encens, à la Confutius, avec des reſtrictions outrageuſes à la Divinité réelle & abſoluë. On a douté de la foy de SPINOSA & de BAYLE ; ils en ont donné du ſujet par leurs Ecrits, Quels qu'ils ayent été en ce Monde, il eſt certain qu'ils ſont plus éclairez dans l'autre, où ils ne ſont plus enfoncez dans leurs corps qui ſervoient de voile à leurs Ames. Ce n'eſt pas ſeulement au premier avenement du Meſſie que ſelon le Proféte, les aveugles ſont éclairez, mais deplus ce ſera au ſecond avenement qui ſe fait immediatement après la mort, & encore plus au troi-

ſiéme

fiéme, où l'Univers fera embrazé. où toutes
les consciences seront à découvert ; ce sera a-
lors que cette Prophetie se verifiera : Les
aveugles ouvriront les yeux, Aperien-
tur oculi cœcorum

Je retrace un bel esprit qui nous a fait
parler les morts sur un ton plus agréable, plus
utile, & plus solide, que cette Anagram-
me de Calvin : Lucianus-Calvinus. Personne ne pouvoit presentement s'entretenir plus
à propos que Benoît Spinosa d'Amsterdam &
que Pierre Bayle de Roterdam. La ressem-
blance unit les gens ; les Sosie ne se ressem-
blerent pas plus que ces deux Savans qui re-
posent tous deux en Hollande. Leur vie &
leur mort sont si semblables l'une à l'autre,
qu'ils semblerent avoir été jettez dans un
même moule. Je me menage tellement, qu'on
ne peut pas dire que je les damne, ou que je
les sauve ; c'est à l'Arbitre de nos sorts de
faire ce partage : loin de là, je donne à entendre qu'ayant écrit en Atéistes speculatifs,
ils peuvent avoir vecu, & être morts en
Adorateurs effectifs, quoyqu'il en puisse être.
j'ay crû qu'il étoit de mon Zele, de reparer
les brèches que leur Doctrine a pû avoir faites dans les esprits flotans, & de publier en
ce

ce Monde les sentimens qu'ils ont tous deux certainement en l'autre. Les morts parlent, fussent ils sauvez ou damnez : témoins Abraham & le mauvais Riche, & plusieurs autres qui ne peuvent passer pour paraboles. On a accusé Bayle d'avoir fait un Projet de Paix; on le fait presentement parler de la Paix dont tout le monde raisonne, que tout le monde espere, que tout le monde souhaite, d'une manière à ne rien craindre : puisque ce nouveau Projet ne blesse personne, & qu'il console tout le monde,

Bay'e forma un Projet de Paix qui luy suscita une cruelle guerre. Comme il tenoit beaucoup d'Erasme, qui es là que des Metemsicosistes ont dit que l'Ame d'Erasme étoit passée dans le corps de Bayle je voudrois qu'on prit la peine de traduire la Lettre Pacifique qui est a la fin de sa Métode d'écrire des Lettres, & sa plainte de la Paix. Querela Pacis, qui est une des plus belles Pieces qui soient sorties de cette Plume incomparable. Saint Ignace avouë luy même que quand il lû le Manuel du Soldat Chrétien d'Erasme, il n'entendoit pas bien le Latin, qu'il demanda pardon à son Maître Jérôme Artabal d'y avoir aussi peu profité qu'il avoit

A iij fait

fait ; néanmoins il se dégoûta de ce Livre que tant de Sains & d'habiles Gens ont goûté ; le mistere est, qu'Erasme dans la Préface de ce Manuel blâme les nouveaux Instituteurs d'Ordre, & qu'il aimeroit mieux qu'on réformât les anciens ; & comme Saint Ignace dés lors formoit manifestement le dessein de sa Compagnie, il se trouva choqué de ce sentiment d'Erasme, & il le déconseilla à ses Disciples, depeur qu'ils n'entrassent dans la maxime de ce Roterdamois : autrement si Erasme n'eût pas touché cette corde, je croi que Saint Ignace ne s'en fut pas dégoûté, & que oin de décrier cet admirable Restaurateur des belles & pieuses Lettres il l'auroit regardé comme un de ses Coadjuteurs ; luy qui n'avoit que ces deux vûës devant les yeux : & si Erasme au lieu de mourir l'an 1536. auroit vecu encore quatre ans, il auroit embrassé Saint Ignace & l'auroit félicité sur sa Compagnie qui fut confirmée du Saint Siege l'an 1540. comme ayant le même dessein que luy, savoir, de rétablir la vraye pieté, & de la conduire avec la belle Latinité.

Cependant n'ésarouchons pas les Disciples de ce grand Patriarche, & laissons là la
Lettre

Lettre & la Plainte Pacifique d'Erasme, prions les seulement de bien traduire l'Ange de Paix de Nicolas Caussin. Comme ce Maître des belles paroles m'a toûjours charmé, pour contenter mon esprit, j'ajoûte, que Nicolas Caussin étoit de Troye en Champagne, & qu'il entra dans la Societé d'Ignace à l'âge de 26. ans. Sa plume valoit mieux que sa voix. Sa cour sainte fera toûjours les delices des esprits polis & pieux. Richelieu qui trouvoit son compte dans la Guerre, le relegua à Quimper Corantin, parcequ'il inspiroit des conseils de Paix à Louïs XIII, dont il étoit digne Confesseur & le digne modéle de Tellier qui remplit tous les devoirs de cette importante dignité. Le Soleil étoit son Astre. Il ne composoit que quand ce principe de la lumiére l'éclairoit.

Je prie l'Ange de Paix qui a inspiré à Caussin la pensée de composer son Ange de Paix, de travailler pourque tous les Princes de la Terre le lisent, & que cette lecture fasse sur leurs esprits le même effet ; qu'opéra la venuë du Messie ; qui en naissant apporta la Paix à toute la Terre.

Spinosa, dont je dois parler, abandonna son nom de Baruc ; je me fait un plaisir
d'épouser

d'épouser le b au sentiment de ce Prophete, & d'inculquer à tous ceux qui aspirent après la Paix, cette pensée de Baruch : Amateur de la Paix, vous n'auriez jamais eu de Guerre, & vous auriez toûjours joüi de la Paix, si vous eussiez été sidéle à Dieu. SI IN VIA DEI AMBULASSES, HABITASSES UTIQUE IN PACE SEMPITERNA.

REN-

RENCONTRE

DE

SPINOSA

ET DE

BAYLE,

Dans l'autre Monde.

SPINOSA.

DIEu vous garde, Bayle. Je me suis bien douté que nous nous rencontrerions ici. Il y a plus de trente ans que je vous attens avec impatience, c'est depuis le 2. Decembre de l'An 1706.

BAYLE.

Helas spinosa, vous me dites, Dieu vous garde ; Dieu ne nous garde que trop ! nous le sentons presentement. Il en est de nous comme des Flambeaux des Soldats de Gedeon.

B   De

De que l'on caffa les pots de terre qui en cachoient la lumiere, ils éclaterent, & au même tems l'on entendit les fanfares des Trompettes. Tandis que nôtre Ame est enfoncée dans nôtre Corps terrestre elle ne voit goute; elle n'est pas plûtôt en liberté, que toutes les lumieres de la divinité lui sautent aux yeux, & qu'elle entend les Trompettes qui l'ajournent au Tribunal du juge, en attendant celles qui doivent sonner à la fin du monde & faire ratifier la sentence qui aura été portée au jugement particulier.

SPINOSA.

Je ne suis que trop convaincu de ces veritez; étant en Hollande, je fabriquois des lunettes d'aproche qui me découvroient & qui m'aprochoient les objets. Depuis que j'ai quitté mon corps, j'ai d'autres lunettes pareilles à celles qu'avoit le mauvais Riche, qui à la faveur des siennes découvrit du fond de son abîme Abraham & Lazare. **A la** faveur des miennes je découvre plus; je découvre le Dieu d'Abraham, que je ne connoissois pas bien étant encore sur la terre.

BAYLE.

J'admirois Isaie qui décrit les Colloques

des

des Morts qui regrettent leur vie paſſée ; preſentement je fais avec vous une preuve de ce Prophete , que vous traitieʒ de viſionaire ſervons nous de ce privi'ege qu'Iſaie attribue aux Morts , & repaſſons nos avantures morte'les. On a parlé diverſement de vous au Monde d'enhaut, vous me fereʒ plaiſir de vous peindre vous même ; ſi mon portrait peut vous être agreable je vous rendrai la même civilité.

S P I N O S A.

Je m'y accorde. Mes Parens étoient Juiſs Portugais, ils demeuroient à Amſterdam ſur le Burgvval dans une aſſez belle maiſon, prez de la vieille Sinagogue Portugaiſe. Ils étoient aiſez, & ils établirent bien leurs Enfans. Ma Sœur cadette nommée Miriame, épouſa Samuel Carceris Juif Portugais.

B A Y L E.

Je voi preſentement pourquoi Daniel Carceris ſe porta pour l'un de vos Heritiers. Il y avoit droit en qualité de vôtre Neveu & de Fils de vôtre Sœur Miriame Epouſe de Samuel Carceris. Le nom de Cadette marque que vous eutes une Sœur aînée. Qui fut-elle ? Avec qui s'allia-t'elle ?

S P I N O S A.

Ma Sœur aînée qui ſe nommoit
Rebecca

Rebecca, fit une aussi bonne alliance.

BAYLE.

Quel nom vous donnerent vos Parens à la circoncision ?

SPINOSA.

Ils me nommerent Baruch.

BAYLE

Je découvre presentement, pourquoy ayant renoncé au Judaïsme, vous prites le nom de Benoît. Vous changeâtes de Religion, mais vous ne changeâtes pas de nom. Le nom Hebreu de Baruc veut dire en Latin Benedictus, & en François Benoît. Vous avez peu profité de vôtre nom. Baruc au chapitre troisiême de sa Profetie explique nettement que les Anges fideles & considerez de S. Michel, mirent en noble aspect les globes dont ils sont les Conducteurs pour faire homage au Verbe. Et il ajoûte, que ce Verbe adoré au commancement du monde, est le même qui dans la suite s'est fait Homme, & a conversé avec les hommes.

SPINOSA.

Je rends presentement justice au Profete qui m'a prêté son nom, je l'ai traité de Visionaire comme les autres Profetes, j'en pense presentement plus sainement. Baruc fils de Nerie Secretaire

taire de Jeremie prédit les malheurs des Babyloniens. Dieu punit le Roy qui a a brûler sa Profetie , ce malheur m'ouvre les yeux. Si j'étois encore dans l'autre Monde , je ne traiterois plus Baruch de Visionaire , mais j'adorerois celuy qu'il nous a fait connoître avoir été adoré dés le berceau du monde.

BAYLE.

Vous voilà circoncis, Spinosa ; je vous vois en âge d'aprendre : qui fut vôtre premier Maître?

SPINOSA.

Ce fut un Allemand, qui me donna les fondemens de cette maîtrise des Langues qui étoit tant de mon goût dés mes plus tendres années. Je passai de mon Allemand à un autre Maître qui montroit l'Allemand & le Latin à Amsterdam avec tant de vogue , que tout le monde luy envoyoit ses enfans. C'étoit François Vanden Ende.

BAYLE.

Vanden Ende est un nom fameux dans l'Histoire de Hollande & de France. En qualité d'Hollandois je vous laisse à dire ce que vous en sçavez ; en qualité de François je

C   *me*

me reserve ce qu'il a fait en France.

S P I N O S A.

Fort bien. Vanden Ende étoit Medecin, mais comme cet Art ne luy raportoit pas grand' chose, il se fit Maître de Langues, & sur tout de la Langue Allemande, où il étoit trés-bien entendu, & qu'il enseignoit avec bonne métode. Les riches Marchands qui lui envoyoient leurs fils, s'apperçûrent bien-tôt que Vanden Ende leur enseignoit l'Atéïsme.

B A Y L E.

Qu'il importe en quelles mains tombe la Jeunesse! le bonheur ou le malheur d'un enfant dépend du Maître qu'on luy donne. Volmar gâta l'Esprit de Calvin, un Cordelier Apostat corrompit celui du Comte de Lumen qui en fit tant mourir à Gorcom. Le Juris-Consulte Cujas avoit une Fille qui fût trop libre avec les Disciples de ce grand Maître, n'y aura t'il pas quelque chose de semblable dans l'école de Vanden Ende.

S P I N O S A.

Il s'y trouva une jolie Maîtresse qui en savoit assez pour relever son Pere quand il avoit des Malades à visiter. Elle n'étoit ni des plus belles, ni des

mieux

mieux faites, mais elle avoit beaucoup d'esprit, de capacité, & d'enjoüément. Elle savoit parfaitement la Langue Latine, & la Musique. En chantant, elle nous enchantoit. J'avoüë, d'en avoir été amoureux, & sans un Rival, je l'aurois épousée.

BAYLE.

Qui étoit cet incommode qui envit cette Muse à Apollon ?

SPINOSA.

C'étoit un jeune homme de Hambourg nommé Kerkering. Il s'aperçut que la Maîtresse à deux sens, ne me haïssoit pas. Il lui rédoubla ses soins & ses assiduitez : & sur tout il fit tomber une pluie d'or sur cette Danaë, en luy faisant present d'un Collier de Perles de la valeur de trois cens pistoles.

BAYLE.

Adiu ma Danaë ! Jupiter entrera dans sa tour, à la faveur de ces Perles, à la faveur de cette pluie d'or distillée de trois cens pistoles.

SPINOSA.

La Vanden Ende, qui étoit Catholique, fit entendre au Hambourgeois, qu'il n'avoit rien à esperer, à moins

C ij

qu'il

qu'il n'abjurât le Lutheranisme, & qu'il
n'embrassât le Catholicisme.

BAYLE.

*L'Amour est un parjure, & Jupiter se
moque des sermens des Amans.*

SPINOSA.

Kerkering le fit bien-tôt voir; à celà
ne tienne, Mademoiselle, je me feray
Catholique, pour vous posseder. D'un
Lutherien & d'un Catholique il n'y a
que la main ; ils reconnoissent tous
deux un Dieu réellement dans l'Eu-
charistie. Le reste est peu de chose.

BAYLE.

*Voilà donc qu'un Allemand vous enleve
vôtre Maîtresse, Est-ce là tout ce que vous
savez des Vanden Ende en Hollande ?*

SPINOSA.

Je n'ai qu'à ajoûter, que le Pere fut
tellement décrié à Amsterdam, à cause
de son Atéisme, qu'il fut obligé d'en
sortir & de chercher fortune en France :
c'est là où vous m'en direz plus que je
n'en sçait, vous qui étes François.

BAYLE.

*Je me suis informé de vôtre malheureux
Maître. Je sçai qu'il se fit Maître d'Ecole à
Piquepuce prez de Paris, cette Bourgade don*

lat

le nom déplaît aux Moines. Les Tertiaires ne veuent pas qu'on les nomme Piquepuce, mais els Peres de Nazaret & les Disciples du Défenseur Espagnol de Pampelune, qui habitent presentement trois belles maisons à Paris, n'aiment pas trop qu'on leur renouvelle, que leur premier établissement fut à Piquepuce.

SPINOSA.

Ils ont tous deux raison. Piquepuce est un vilain nom. Nazaret est un tître saint, & celui de College de Louïs le Grand est glorieux.

BAYLE.

Vanden Ende aussi-bien à Piquepuce qu'à Amsterdam, trouva que sa Medecine en faisoit plus mourir que vivre, puisqu'il avoit de la peine à subsister. Son Ecole, n'avoit plus la Vanden Ende enchanteresse, qui étoit devenuë Mádemoise'le de Kerkering. La faim est une mauvaise Conseillere. Les Hollandois qui gemissoient sous le joug des François, & qui cherchoient tous lrs moyens possibles pour le sécoüer, trouverent que Vanden Ende leur Compatriote éroit une Instrument propre à ls tirer d'affaire. Ils avoient gagné le Chevalier de Rohan, qui par des Gardes contrefaits, devoit enlever le Dauphin, & le mener en Hollande

pour

pour par ce moyen faire un échange avec les
Villes que la France leur avoit usurpées.
Il fa'loit de la correspondance pour un dessein de si grande entreprise ; c'étoit Vanden
Ende qui recevoit & qui envoyoit les Lettres. Jacque I I. Roy d'Angleterre informé
qu'on envoyoit de grosses Remises d'Holan-
de en France, avertit Louis le Grand, qu'il
s'y brassoit quelque chose. On vient à bout
de tout quand on a quelque pressentiment,
& qu'on a d'habiles gens pour en profiter.
Vanden Ende n'étoit plus si Piquepuce qu'il
avoit été, il étoit mieux habillé & traité.
On vou'ut aprofondir la source de ce chan-
gement, & on la déterra. Trenchons :
Vanden Ende fut convaincu, & lui qui
étoit en très bon point, fut tellement
changé par les questions extraordinaires qu'on
lui donna, que quand Louï Bourdaloue,
que le Roy avoit extraordinairement accordé
au Cheva'ier de Rouen, le vit prez de la
bastille sur le point d'être pendu, luy
demanda: Estes-vous anden Ende ? Celà
marque que cet Ignacien l'aura defatéïzé.
Voi'à la fin veritable de vôtre Maître.

S P I N O S A.

Je m'en va en chercher un autre,
dans l'esperance d'y mieux réüssir. Je
m'attachay

m'attachay quelques années à la Theologie ; mais enfin je me donnay tout-
à-fait à la Fifique de Defcartes, dont
la maxime dominante me revenoit tant;
fçavoir qu'on ne doit jamais rien re-
cevoir de veritable, qui n'ait été prouvé par de bonnes & par de folides
raifons. Ce principe me dégoûta du Judaïfme,

B A Y L E

En effet le Judaïfme eft uniquement fon-
dé fur l'autorité des Rabins. N'embraffâtes
vous aucune Réligion ?

S P I N O S A.

Je ne reçus pas le Batême des Chrê-
tiens, & les Mennonites ne me parurent
pas affez bien fon lez pourque je me
joigniffe à eux.

B A Y L E.

Les Juifs ne s'aperçûrent-ils pas de vôtre
refroidiffement ?

S P I N O S A.

Ils s'en aperçûrent pour me ranga-
ger, ils me prefenteren tune penfion de
mille francs. Je les en remerciay : celà
les irrita tellement, qu'un Juif me voïant
fortir fur le foir de la Sinagogue Por-
tugaife, me porta un coup de poignard.

J'ay

J'ay long - tems gardé & montré mon juft-au corps qui reçut le coup. Comme cette perfidie me dégoûta plus que jamais du Judaïfme, j'y renonçay fi ouvertement, que leur Rabin le vieux Chacham Abuab fumina excommunication contre moy.

BAYLE.

Que faire ? pauvre ex ommunié ! Si vous étiez encore Juif, vous pourriez vivre de quelque Art mécanique comme il eft ordonné par cette Loy.

SPINOSA.

Ouy, Le Rabin Gamaliel le dit au Chapitre 1. de fon Traité fur le Talmud Pirke Avoth. Ce fut cete feule Leçon que je retins d'eux. Je m'appliquay à polir de verres de lunettes d'aproche, & j'y réüffis fi bien, que je pus y gagner ma vie. Je m'appliquay auffi au deffein. On admira un Mafaniello de ma façon. Ce Roy pefcheur ou Plongeon de Naple, y étoit en chemife, en bonnets & en rets.

BAYLE.

On admira encore pus que vous aviez eü l'adreffe de faire vôtre vray portrait fous l'équipage de Mafaniello, & vos Ennemis n'ont

pas

pas manqué de dire, que vous prétendiez par-
là, de faire voir, que vous feriez en peu de
tems, dans la Chrêtienté, les remumenages que
Mafaniello avoit fait à Naple en 15. jours.

SPINOSA.

Laiffons parler les mortels ; entre-
tenons nous autres immortels. A la
faveur de mes verres & de mes def-
feins, je me retiray vers Auvverker ke
Comté d'un Prince de Naffau , prez
d'Amfterdam , chez un Hôte de ma
connoiffance. J'en partit l'an 1664i &
je me retiray à Rynfburg prez de Leide
où je paffay l'hiver. Après quoi , je
paffay à Voorburg à une lieuë de la
Haie , & j'y reftay quatre ans. Ce
fut là que tous les beaux efprits vinrent en foule pour me voir , & pour
me parler. Pour s'épargner la peine du
voyage, ils me perfuaderent de me fixer
à la Haie même, fur le Veerkaai chez
la veuve Van Velden qui me tint en
penfion. J'occupois une chambre à l'ex-
trémité de la maifon fur le derriére au
fecond étage ; où quelquefois je m'en-
fonçois des trois jours entiers dans l'E-
tude, fans rien voir que celle qui m'a-
portoit à manger. M'étant aperçû que
j'y dépenfois trop, je me retiray fur le

D   Pavilioeugrage

Paviliocugrage, ou Henri Vander Spyck me loüa une chambre & me pourvut de tout ce qui m'étoit neceſſaire. Je ne lui étois pas à charge : j'y vivois un jour entier d'une ſoupe au lait accommodée avec du beure, qui me revenoit à trois ſols, & d'un pot de biere d'un ſou & demi. Je paſſay un autre jour avec du gruau aprêté avec des raiſins, & du beurre, qui ne me coûtoit que quatre ſols & demi. Je ne buvois que deux demi pintes de vin par mois.

BAYLE.

Je voi bien, qu'on a eu raiſon de peindre Apollon avec une ſimple écharpe, couronné d'un Laurier vert mais ſterile, & armé d'un Violon. Les Muſes, horſmis trois, ſont encore vierges, parceque n'ayant pas de dote, elles ne peuvent pas trouver de maris. L'eau de l'Hipocrene eſt toute l'ambroſie de ces pauvres Chanteuſes. Pegaſe n'eſt ni ſellé, ni bridé, ni ferré, ni houſſé, ſes aîles ne lui ſervent, que pour aller mandier un picotin d'avoine. J'ai été de la Confrairie, & je ne ſuis pas mort de repletion. Vous dites que tant de gens vous viſitoient ; perſonne ne vous apportoit-il ?

SPINOSA.

Pluſieurs me preſenterent leur bourſe : tout le monde m'invitoit. J'aimois mieux

mieux ma fobriété & mon indépendance. J'étois content d'être un ferpent qui après avoir roulé l'efpace d'un an, n'avoit que fa queuë à mordre. Je me trouvois fans épargne à la fin.

B A Y L E.

Nos Ames defirent naturellement de réjoindre leurs corps ; ces cheres Compagnons de leurs fupplices & de leurs délices ; faites moi revenir le votre, & vous qui vous avez fi bien deffeiné fous Mafaniel'o , peignez - vous d'apres nature.

S P I N O S A.

J'étois de moyenne taille , les traits de mon vifage étoient bien proportionnez : la peau un peu noir , les cheveux frif z & noirs ; les fourcils longs & de même couleur.

B A Y L E.

Voilà la mine d'un vrai Juif Portugais. Et vos habits ?

S P I N O S A.

Un Confeiller d'état m'ayant furpris en Robe de chambre mal propre, m'en prefenta une meilleure ; je la refufay en lui difant, qu je ne valois pas une meilleure envelope.

B A Y L E.

Vous avez bien du mépris de votre corps !

quelle

quelle y étoit vôtre *Ame* ?

S P I N O S A.

On ne l'a jamai vûë ny fort trifte
ny fort gaye. Elle étoit maîtreffe de fa
colére, à quelques geftes prez ; qu'elle
réprimoit aufli-tôt. J'aimois les fermons
du Mini re Cordes, & j'y envoyois mes
Amis parcequ'il expliquoit bien l'Ecri-
ture. Je di à mon Hôtefle que fa Réligion étoit bonne. attachez vous feule-
ment à la pieté & à la vie tranquille,
& ne doutez pas de votre falut. Voilà
tout ce que je répondis à fa queftion.

B A Y L E.

*Vôtre efprit furieux fe détendoit-il? Quel
êtoient vos amufemens ?*

S P I N O S A.

Je fumois une pipe de Tabac. Je fai-
fois battre des araignées & des mouches.
J'obfervois les infectes dans le Microf-
cope. Simon de Vries me prefenta 2000.
francs, je l'en remerciay, fous couleur
qu'ils me détourneroient de mes Etu-
des. Je refufay d'entrer dans fon Tefta-
ment. Il eut de la peine â me l'accorder,
mais il chargea fon Frere qui demeuroit
à Schiedam, de me donner une penfion
viagere de 500. francs. Je n'en voulut ac-
cepter que 300. parcequ'ils me fufifoient.

Je

BAYLE.

Je me m'étonne pas, que vous ayez abandonné a vos deux sœurs la succession de vos Parens, à la reserve d'un lit & d'un tour de lit. Nommez-moi quelque autre personne qui eût de la consideration pour vous.

SPINOSA.

Stoupe de Ministre de la Savoye quartier de Londre, du tems de Cromvvel, prit le parti de la guerre. Comme Lieutenant Colonel d'un Regiment Suisse, il commandoit à Utrect en 1673. Il fut tué Brigadier à la Bataille de Steenkerke prez d'Engien en Hainau. Comme il manioit aussi bien la Plume que l'Epée, il écrivit contre mon Théologien Politique mais il fut rélevé de Brauvius Professeur de Groningue qui me défendit. Le Prince de Condé mort à Fontainebleau en 1687. fut curieux de me voir & de me parler. Il m'envoya un Passeport. Je fus à Utrect, mais ce Prince étoit déja parti. Je remerciay Stoupe qui me garantissoit une pension, si je voulois bien dédier un de mes Ouvrages à Louïs le Grand.

BAYLE.

Comme on étoit en guerre, ne prit-on pas ombrage de ce voyage?

E   Toute

SPINOSA.

Toute la Haie en prit l'alarme. Mon
Hôtesse craignant, je la rasûray par lui
dire, que je sortirois de chez elle, dus-
say-je être aussi haché que les de Vvitte.
L'Electeur Palatin Charle Louis m'offrit
sa Chaire de Philosophie de Heldelber-
gue; mais je la refusay, parce qu'on me
vouloit trop borner en matiere de Réligió

BAYLE

En qu'elle année publiâtes-vous vôtre principal
Ouvrage, qui est vôtre Théologie Politique? &
quelle furent les avantures de ce Livre?

SPINOSA.

Ce fut en 1670. chez Christophle
Couard à Amsterdam sur le Canal de
l'Englantier, quoiqu'il y ait d'autres
noms. Ce Traité eut pour Adversaires
Spitzel de la Confession d'Auslourg, &
Mansefeld Calviniste, Blienburg de
Dordrecht : j'avois ordonné à mon Hôte Henri Vander Spyck d'envoyer immediatement après ma mort à Rieu-
verzen Imprimeur d'Ambsterdam, mon
pupitre ou étoient tous mes Papiers. Vi-
ele a fait contre moi son Antispinosa.
Homan d'Encuse me traite d'Athée im-
pie; j'en ay encore sur les bras Kuyper de
Roter-

Roterdam, Mansfeld d'Utrect, Nar-
ran, Bredenbourg Tisserand de Roterdam, Veldthuis d'Utrect, Musæus de Je-
ne, Securus, Fuller, Rappol, Carpzovius,
Durrius l'Alforf, Versé, Ivon, Huet, Simon, La motte, Poiret de Reinbourg
prez de Leide, Deuthof, Jaquelot, Leen-
hof de Zuol; enfin vous me prites à partie
cher Bayle, avec vôtre Ennemi Jaquelot
qui est presentement au Roi de Prusse.

B A Y L E.

Voilà bien des gens sur un seul homme! Je
voi bien que vous tendez à vôtre fin, vous avez
trop d'Ennemis sur les bras pour en échaper.
On fait mille contes de vôtre voyage en France,
qu'en est-il?

S P I N O S A.

Il n'en est rien; jamais je n'y fus, quoi
qu'on employât mille attraits pour m'y
avoir. Vous avez raison de dire que je
tens à ma fin; je m'en vas vous la décrire
pour vous détromper, car je ne doute pas
que vous n'ayez eu les oreilles pleines de
mille contes qu'on a faits de mes derniè-
res heures. Il y avoit plus de 20. ans que
j'étois attaqué de phtisie. Celà m'obli-
geoit de vivre de regime, & ce regime
me rendoit maigre & mal sain. Le 10.

E ij   Fevrier

Fevrier qui étoit un Samedi avant les jours gras de l'an 1677. j'eus une conférence familiére & longue avec mon Hôte sur les quatre heures après midi. Je fumai une pipe de Tabac. Je fus me coucher de bonne heure dans ma chambre qui étoit sur le devant. Comme je me sentois extraordinairement mal, je fis venir d'Amsterdam le Medecin L. M. qui m'ordonna le consumé d'un vieux coq, que je pris avec appetit. Helas! ce fut mon dernier morceau. Je mourus entre les mains de mon Medecin, à trois heures après midi, le 21. Fevrier 1677. âgé de 44. ans, 2. mois, 27. jours. On m'enterra le 25. Tout mon Inventaire ne se monta qu'à 400. francs & 13. sols. Les frais & les charges déduites, il décendit à 390. francs 14. sols.

BAYLE.

Vôtre corps repose. Laissons reposer un peu nos Ames, & puis nous reprendrons nôtre discours; car je sens que vous n'êtes pas moins curieux d'aprendre mes avantures, que je l'ai été à entendre les vôtres.

SPINOSA.

Réposons autant qu'on peut réposer ici.

REN-

RENCONTRE

DE
BAYLE
ET DE
SPINOSA
Dans l'autre Monde.

BAYLE.

Nous avons mené presque la même vie & nous avons fait la même fin. Nous changeâmes tous deux de Réligion ; vous quittâtes le Judaïsme, & moy le Catholicisme. Nous convenions tellement dans nos principes, qu'on m'accusa de Spinocisme, & ce fut pour cela que j'écrivis contre vôtre Sistéme. Vous expirâtes quelques momens après avoir parlé à vôtre Hôtesse, & moy aussi. Vous changeâtes de nom, & moy aussi. Vous vous nommâtes Benoît, & moy de Ba-y-le, je me nommay Bayle. Je n'ai vécu que quatre ans plus que vous : vous en avez vecu 44. & moi j'en ai vecu 48. Nous avons tous deux mené une vie fort frugale, vous avez eu plus d'Ennemis après qu'avant vôtre mort,

&

& moy j'en ai eut plus pendant qu'après mon trépas : car on me dit que *Jurieu*, *Le Clerc*, *Bernard* & *Jaquelot* se taisent depuis que je suis icy, depuis qu'on ne leur reproche qu'il est auſſi aiſé d'inſulter un *Lion mort*, que dangereux de l'agacer vivant ; *Je* n'ai jamais eu l'honneur de vous voir, vous êtes parti du monde l'an 1677. & moy je ne suis parti de Sedan pour venir à *Roterdam* qu'en 1682.

S P I N O S A.

Ces ſimpaties doivent contribuer à la douceur de nos entretiens. Dites moi vôtre naiſſance, afin que je félicite le lieu qui l'a donné à un auſſi bel *Eſprit* que vous êtes.

B A Y L E.

Je ſuis *Gaſcon*. Cependant tout le monde m'a rendu juſtice par dire que jamais perſonne ne fit moins de gaſconades que moy. *Je* ſuis né au *Comté de Foix*: On l'a joint au *Languedoc*, qui le confine au *Levant*, il a la *Comté de Cominge* au *Nord*, le *Conſerans* au *Couchant*, les *Pirenées* & le *Rouſſillon* au *Midy*. *Foix* renferme la *Vallée d'Anderre* au-delà des *Pirenées*. *Foix* avoit des *Comtes de la Maiſon de Navarre*. *Henry IV.* l'unit à la *Couronne de France*. *Foix*, *Pamiers*, *Taracon*, *Rieux*, *Mirpoix* & *Carlat* ſont les principaux lieux

lieux du Comté de Foix, Carlat eſt un petit
Bourg d'Auvergne au Midy de la Ville d'O-
rilhac, qui donne ſon nom au petit Païs de
Carladet. C'eſt dans Carlat que je pris naiſſan-
ce. Mon Pere fut Miniſtre; j'eus un Frere qui
le fut auſſi, Les Ignaciens informez de quel-
ques brillans qui paroiſſoient dans ma jeuneſſe,
me firent entretenir au Seminaire de Toulouſe
un an & demi. On me donna le nom de Pierre
au Bâtême; les Gaſcons prononcent Ba-y-le &
les autres prononcent Bayle: tellement qu'il n'y
a de la variation que dans l'accens.

S P I N O S A.

Vos Ennemis m'ont dit ici où l'on ne
déguiſe rien, que vous preferâtes de
bonne heure; l'Etude à tous les amuſemens: que vous recherchiez le com-
merce des Savans, que vous aviez la memoire heureuſe juſqu'au prodige; Comment vous fîtes vous connoître à Sedan.

B A Y L E.

Sedan eſt ſur la Meuſe entre Mouzon &
Charleville. Les Capucins ſont logez dans la
Citadelle. Le Maréchal De Fabert Namurois
d'origine, les y a fondez, & il y a ſon
Tombeau. Il y mourut ſaintement le 17. Mai
1662. Les Ignaciens y ont un College. Six
ans avant que je vinſſe au monde, ce fut
l'an 1642. le Duc de Bouillon la donna à la

France pour rançon de sa vie Le Temple y est
si beau que Loüïs le Grand n'a pas voulu
le démolir; & qu'il a converti en Eglise Catholique. Je m'étois perfectionné en Philosophie à Pui-Laurens à trois lieües de Castro
vers le Couchant. C'étoit autrefois un Comté;
en Latin, Podium Laurentii, L'Edit de Nante
cassé; l'Academie de Pui-Laurens le fut aussi.
Ce qui m'obligea à chercher fortune à Sedan
qui n'avoit pas encore subi le sort de la cas-
sation de l'Edit de Nante. Je n'avois que 28.
ans quand la Chaire de Philosophie vint à y
vaquer. Ce fut en 1675. je disputay &
je l'emportay : je n'y avoit été que cinq ans
lorsqu'il me prit envie de me faire connoître
au monde. Je pris pour mon sujet a grande
Cométe qui venoit de paroître & d'effrayer
toute la terre. Ce fut en 1680. je la choi-
sis pour desabuser les gens d'une infinité de
prejugez sur les présages.

SPINOSA.

On m'a dit qu'on augura dés lors que
vous feriez du fracas dans la Répub-
que des Lettres; & que comme la Cométe présageoit des évenemens extraordinaires ; vôtre Traité des Cométes
en auguroit dans le monde Literaire :
mais une Cométe est un sujet triste &
                              serieux

ſerieux , comment ne débutâtes - vous
pas par un Argument plus gay.

BAYLE.

Je ménageai des digreſſions remplies d'une
Literature agréable , & de réflexions qu'on
trouvoit fines & très ſenſées : Je réuſſis ſi
bien que les beaux Eſprits jugerent que ce
coup d'eſſai iroit bien loin.

SPINOSA.

Vous avez bien ſoûtenu l'idée que
le Public avoit conçûë de vous , & loin
de vous en être démenti , vous l'avez
grandie.

BAYLE.

Ma Cométe parut en 2. Volumes l'an
1684. Je vivois tranquillement à Sedan à
l'ombre de mes petits Lauriers, lorſque Louis
le Grand revoqua l'Edit de Nante , & qu'il
nous fit décamper ; ce fut l'an 1682. Je
me retiray en Hollande où ma reputation
m'avoit déja devancé. On érigea pour moy une
Chaire de Philoſophie à Roterdam. Je m'y
fixai conſtamment juſqu'à la mort , quoiqu'on
m'offrit ailleurs des Emplois plus lucratifs.
Je m'attaché fort à Arnou Leers Libraire.
Roelen fut mon Mecene. Ce fut ſous mes
auſpices & ſous ceux de Roelen que l'ingrat
Jurieux ſubſiſta à Roterdam.

E   Je

SPINOSA.

Je sens que comme on vous traite à Roterdam de nouvel Erasme, vous l'avez copié ; il vecut & mourut chez Froben Libraire de Bale, & vous fîtes de même sous les auspices de Leers Libraire d'Amsterdam. Vous meritez aussi d'y avoir une Statuë ; à moins que vôtre Carlat ne lui dispute cet honneur. Comme vous vous fîtes connoître à Sedan par vôtre Cométe, je ne doute pas que vous le fassiez à Roterdam par quelque piece d'éclat.

BAYLE.

Je le fis. Louïs Maimbourg Gentil-homme Lorrain faisoit alors le bruit du monde. J'entrepris de l'attaquer, & ces Confreres mêmes avoüent qu'il saigna du nez.

SPINOSA.

Avant de me dire la piece que vous choisites pour vôtre champ de bataille, donnez-moi en petit le portrait de ce Maimbourg.

BAYLE.

Louïs Maimbourg étoit le Fils d'un Conseiller d'Etat de Charle III. Duc de Lorraine. Il nâquit à Nanci l'an 1610. & l'an 1626. il entra dans les Ignaciens avec de grands

biens

biens que son Pere lui avoit laissez. Sa Mere
se nommoit Nicole. Il prioit tout haut pour
elle à la Messe. Ces biens servirent à la fon-
dation de saint Nicolas en Lorraine dont il
fait la description dans sa ligue. Il enseigna
six ans les Humanitez où il régreta d'avoir
lû tant d'Auteurs profanes. Il prêcha qua-
rante ans avec vogue. Ses Sermons imprimez
ne furent pas si bien reçus. Cela fut cause
qu'il s'appliqua à l'Histoire pourquoi il avoit
un talent merveilleux. Il fit sa Theologie à
Rome, & il y prononça l'Oraison funébre
de Nicolas Zappius Augustin. Sa déca-
dence de l'Empire le perdit. Les Jansenistes
qu'il avoit frondez en Chaire, se plaigni-
rent à Rome & à Vienne, qu'un Ignacien
ruïnoit leur autorité. Les Ignaciens sacrifié-
rent ce Jonas pour avoir le calme. Louïs
le Grand le retint quelque tems, mais enfin il le laissa aller aprês soixante ans de
profession, sous une bonne pension, qui le
fit vivre en Prelat à l'Abbaye de saint Vi-
ctor à Paris. Ce fut delà qu'il lança son
Calvinisme qui fut mon champ de bataille.
Je m'escrimay avec deux Tomes de Lettres
que les Jansenistes même préferent à celles
de Blaise Pascha'. Maimbourg mourut
âgé de soixante & dix-sept ans le treize
Août

Août 1686. d'une suffocation de sang, qui n'empêcha pas qu'il ne témoignât un grand régret de ses fautes. Il laissa ses biens à son Valet de Chambre, qui a fait grauer son portrait. Dans son Testament il se déchaîne contre l'ingratitude des Ignaciens. L'Archevêque Harl.i, qui en étoit Executeur, le suprima.

SPINOSA.

Voilà l'Histoire de Maimbourg en petit, vous m'obligerez de me donner une idée de son esprit & de sa capacité.

BAYLE.

Il étoit infatigable. Il est prodigieux d'avoir tant écrit & de n'avoir pas de redites. Il avoit une adresse incomparable à faire entrer dans ses Histoires des pieces hors d'œuvre, qui paroissoient faites pour ses vûës. Il s'est vangé du Pape qui l'a designacié, dans ses Evêques de Rome, dans son Leon & sur tout dans son Gregoire. S'il avoit vecu, il auroit encôre plus fait dans le schisme d'Angleterre, sur quoy il travailloit quand la mort le surprit.

SPINOSA.

Donna t'il tant de prise dans son Calvinisme pour vous faire naître lieu d'en faire

faire deux Livre de réponſes.

B A Y L E.

Un autre que moy luy auroit paſſé bien des choſes ; je le reléve par tout. Je m'en ſuis aquis de l'eſtime : mais auſſi j'ay ouvert la porte à ceux qni m'ont accuſé de Piromiſme qui doute de tout, dont on vous a auſſi accuſé.

S P I N O S A.

Quél fut l'Ouvrage que vous entreprîtes après ces Lettres de Critique ?

B A Y L E.

Ce fut la République des Lettres que je commençay au Mais de Mors de l'an 1684. & que je finis au mois de Juin de l'an 1687.

S P I N O S A.

Trois ans ? la carriere eſt bien courte.

B A Y L E.

De tous les Ouvrages c'étoit celui que j'affectionnois le plus : mais comme cet Ouvrage demandoit trop d'aſſiduité & d'application, je me trouvay obligé de l'abandonner. La libeté de conſcience étoit mon dogme favori. Ce fut pour cela qu'on m'attribua le Commentaire Philoſophique ſur ces paróles de l'Evangile, Contrains les d'entrer. On me fit encore Auteur de l'avis aux Réfugiez qui parut en 1689. Jurieu m'en a fait procez. Je m'en

G   ſui

suis défendu par ma Cabale Chimérique & par ma Chimère de la Cabale ; mais celà n'a pas empêché qu'on ne m'ait privé de ma Charge de Professeur & de ma pension.

SPINOSA.

Siécle injuste ! d'avoir réduit une Plume qu'il devoit achéter à prix d'or.

BAYLE.

Je me vengeai un peu de Jurieu par un Traité Latin intitulé, Le Paradis ouvert. Je prétens à y démontrer que Jurieu par son nouveau Sistême de l'Eglise avoit ouvert la porte des Cieux aux Juifs, aux Payens & à toutes sectes du Christianisme.

SPINOSA.

Comment reçûtes-vous cette disgrace que Jurieu vous attira ?

BAYLE.

Je la reçut avec une fermeté Philosophique & même avec trop d'indifference. Je ne me soucivis non plus que vous d'amasser du bien parceque je n'en avois pas besoin. Ma temperance & ma sobriété supleoient à tout, ensorte qu'avec peu de bien, je ne manquois de rien. Je n'étois pourtant pas dans l'indigence ; d'où vint que je ne me donnay aucun mouvement pour me procurer un autre Employ. Enfer-
mé

mé avec mes Livres & envelopé de ma propre
vertu, je ne songeay qu'à exécuter le projet
de mon Dictionaire Historique & Critique,
dont la première Edition parut en deux volumes l'an 1696. la 2. parut en trois volumes
l'an 1702.

SPINOSA.

Encore un Dictionaire! hé n'y en avoit
il pas assez? a-t'on envie d'en remplir le
monde? Gille Menage qui est bien éloigné de nous, parce qu'il a été plus Or-
todoxe, a dit que s'il étoit encore vivant
il feroit une requête des Dictionaires,
non plus pour se plaindre des mots qu'on
en a bannis, mais pour se plaindre que
chacun se mêle de faire un Dictionaire,
& qu'il faudra bien-tôt faire un Dictionaire des Dictionaires seuls, en l'arêtant
à l'histoire des Auteurs des Dictionaires,
& aux avantures de leur Ouvrage. Puisque vôtre Dictionaire ne parût que vingt
ans après mon arrivée en ce lieu, je ne
puis l'avoir vû tracez en une petite image

BAYLE.

Volontiers. Mon Dictionaire n'est pas comme
celuy de Moreri, un Ouvrage chargé de Généa-
logies ou de simples faits, ni comme celle de Fu-
retiére, qui n'est que Grammatical. Dans le mien

G ij   je

je peins au naturel ceux dont je parle, je démelé les circonstances de leur vie & les motifs de leur conduite. J'y traite de la Réligion, de la Morale, & de la Philosophie avec érudition. Vous y avez vôtre part, cher Spinofa; & telle part, qu'on prit sujet de mon Dictionaire de répandre, que je donnois dans le Spinocisme, quoique loin d'approuver vôtre sistéme, je la refutasse solidement, & que je fis voir qu'il est insupportable & monstrueux.

S P I N O S A.

Mais vous qui drapez sur moy, n'avez vous pas donné lieu de draper sur vous? Vos Ennemis qui viennent ici, me disent qu'ouy.

B A Y L E.

En effet, on me reproche que je donne prise en passant sur l'Article des Manichéens & des Pauliciens; parceque je fais valoir leurs difficultez sur l'origine du mal & sur la permission du peché Ils disent même que jy leur a prêté de nouvelles raisons.

S P I N O S A.

Est ce que vous adoptiez leur opinion des deux Principes souverains du bien & du mal?   B A Y L E.

Nul'ement: j'en étois bien éloigné; mon but est de faire servir aux Despotiques qui prononcent

cent avec fierté & securité sur les Points de la Réligion, qu'une Secte ridicule, comme est le Manichéanisme, peut faire des objections, dont il n'est pas aisé de se débarasser.

S P I N O S A.

Je voi où vous allez : vous vouliez mortifier la raison humaine, ou du moins vous vouliez l'accoûtumer à ne point précipiter ses jugemens , & à ne rien adopter sans examen & sans connoissance : à peu près comme moy ; vous sçavez que j'allois là aussi sur le Sistéme de mon Descartes, qui ne veut qu'on croie vray que ce qu'on voit.

B A Y L E

C'étoit pour me ranger les Pedans, qui me paroissent trop décisifs. J'eusse bien aimé qu'on ne parlât que douteusement des choses douteuses. Dans cette vûë je me faisois un plaisir d'ébranler leur assûrance, & de leur montrer que de certaines veritez qu'ils regardent comme évidentes, sont environnées de tant de difficultez, qu'il seroit de la prudence de suspendre sa décision.

S P I N O S A.

Vous attaquez un Parti rédoutable. Je ne m'étonne pas que vous avez eu tant d'Ennemis sur les bras.

Je

BAYLE.

Je n'en ſaurois que dire & faire : j'étois indigné que les Pedans tranchaſſent le mot & ne revoquaſſent pas en doute quantité de faits que je reconnois évidemment faux, après les avoir approfondis avec cette vivacité & cette recherche de chien de chaſſe qui ne ceſſe de ſureter juſqu'à ce qu'il ait découvert ſon gibier.

SPINOSA.

Aprés celà je ne m'étonne pas que les Pedans vou aient traité de Diſciples de Pirron , qui doutoit de tout. Vôtre Dictionaire ne vous occupoit pas toûjours : ſurquoi preniez vous vos rélàches, qui ſont neceſſaires pour apporter une nouvelle vigueur à l'Ouvrage qu'on a en tête , tel que m'étoit mon Theologien Politique, tel que vous étoit vôtre Dictionaire Critique.

BAYLE.

Je me rébatois ſur mes réponſes aux queſtions d'un Provincial.

SPINOSA.

Vous êtes un adroit ! vous ſçaviez que les Lettres de Louïs de Montalte , je dis de Blaiſe Paſchal de Clermont en Auvergne , addreſſées à un Provincial avoient eu une vogue univerſelle, vous eſpe-

esperàtes d'attirer le monde à l'Auberge qui porteroit la même Enseigne. Combien de Tomes en avez-vous publiez ? Dequoi traitent-ils ?

BAYLE.

J'en ay publié 4. Tomes, j'ay laiſſé le 5. poſtume au goût de la Poſterité Je rempliſſois ces Réponſes Provinciales de quantité de faits détachez que je n'avois pû mettre en œuvre, & que j'avois jetté à l'écart, en attendant le tems de leur donner place. Je me réjouiſſois en me répondant à moi-même ſous le maſque de mon Provincial interrogeant, ſur tout ce qui ſe preſentoit à mon imagination. Il n'y avoit rien de trop recherché ny de trop travaillé. C'étoient des amuſemens utiles.

SPINOSA.

Perſonne ne troubla t'il le plaiſir que vous aviez à répondre à vôtre Echo ?

BAYLE.

Jaquelot & Le Clerc me vinrent l'interrompre. Ils ſe réünirent ſur la queſtion de ſçavoir, s'il eſt poſſible d'accorder la foy avec la raiſon. Puis ils paſſerent à ma propre Réligion. Jaquelot m'accuſa de fournir des Argumens à l'Atéiſme, la mort me ſurprit que je travaillois à mon Apologie par un Entretien.

Vous

Vous auriez mieux fait d'imiter
Maimbourg dont vous ne m'avez pas
donné ce trait. On me dit que ce de-
molinizé méprisa vôtre Critique, celle
d'Hermant & de quantité d'autres, &
qu'il alla son grand train dans ses Histoires comme une Dogue qui ne s'amu-
se pas aux petits chiens qui japent, ou
comme une grande Riviere qui coule
pompeusement dans son lit sans se sou-
cier des petits ruisseaux qui le prenne en
flanc ; elle les entraîne insensiblement
sans se donner la peine de les repousser.

BAYLE.

En cela vous avez raison; j'aurois pû tra-
vailler sur quelque chose de meilleur, je ne
me serois pas échauffé la bile en mescrimant
avec mes Adversaires. J'étois délicat sur le
point d'honneur, je me fiois sur le bonheur de
mon esprit & sur la vastitude de mon Etude;
ces deux raisons ont été cause, que je n'ay
pas imité Maimbourg & que j'ay augmenté
mon mal de poitrine qui m'a mis au tombeau.

SPINOSA.

Il y a remede à tout. D'où vient que
vous n'essaiâtes pas de guerir de cette
ardeur d'estomach?

Comme

BAYLE.

Comme c'étoit un mal hereditaire & de fa-
mille je la jugeay mortelle, & dans cette
supposition, je ne pus jamais consentir à mes
Amis qui me conseilloient des remedes.

SPINOSA.

La mort cette terrible, ne vous épou-
vanta-t'elle pas ?

BAYLE.

Je la vis venir d'aussi sang froid que vous.
Je ne la craignois, ni ne la souhaitois. Sur la
fin de mes jours je me sequestray de mes A-
mis qui pouvoient m'etre incommodes ; pendant
quoy je ne laissois pas de travailler ; & l'on
peut dire de moy aussi-bien que de vous, que
je mourus la plume à la main. Je venois de
parler à mon Hôtesse qui étoit la femme d'un
Apoticaire de Roterdam, & un moment a-
près on me trouva mort, sans avoir poussé le
moindre soûpir,

SPINOSA.

Vous m'avez donné vôtre portrait
de vôtre pinceau & de vôtre façon, voulez vous bien que je vous expose celui
que m'ont tracé des mains étrangeres.

BAYLE.

Je n'ay jamais été idolatre de moi-même,
& j'en seray ravi, à condition que vous me

H   *laisserez*

laisserez la liberté de retoucher les traits qui ne
feront pas d'après nature.

SPINOSA.

Celà s'entend. On m'a mis devant les
yeux deux de vos Tableaux, vous me
direz quel des deux vous reſſemble le
mieux. Un de ces Tableaux vous de-
peint en Eiloſophe, ſans faſte, ſans
ambition, ſa preference, ſobre juſqu'à
la frugalité & même juſqu'à l'inſenſibi-
lité indifférent pour tous les plaiſirs hors
les plaiſirs de l'eſprit, au delà de l'at-
tainte des paſſions, ami fidelle & obli-
geant, d'une converſation agréable,
utile & inſtructive, d'une memoire heureuſe & fidelle, qui vous rendoit à propos tout ce que vous lui aviez mis en
garde, dez que vous veniez à le rede-
mander; ſans chaleur dans la diſpute,
ou vous ne preniez jamais le ton ma-
giſtral & dogmatique. Que dites - vous
de ce portrait, eſt il fidelle.

BAYLE.

Aſſez. voyons ſi l'autre me reſſemble bien
aurant.

SPINOSA.

Vous l'allez voir. Ce ſecond eſt en
freſque, on y a menagé les couleurs
qu'on

qu'on n'a pas épargnées au premier. Ce
fecond Tableau vous reprefente fur un
autre afpect d'un air chagrin & un peu
vindicatif. Comme j'en blâmois le Peintre; il me répondit pour fe juftifier, que
vôtre plume n'imita pas vôtre bouche &
que vous aviez répondu avec trop d'aigreur à vos Adverfaires. Il m'en dit tout
autant de vôtre apetit à l'égard des plaifirs. Il eft vrai, m'ajoûta-t'il que Pierre
Bayle ne fut pas l'efclave des femmes,
mais il en fit trop fon jeu d'efprit. Il paffa
au-delà de la bienfeance; jufques là qu'il
fe fentit lui-même obligé d'effacer ce
qu'il en avoit dit dans fa Critique du
Calvinifme de Maimbourg.

B A Y L E.

Vôtre Peinrtr ne m'a pas flâté ni fletri.
Gelà venoit de la profondeur de mon Cabinet.
Si j'avois eu l'ufage du monde poli qui ne s'a-
quiert pas dans la rétraite, & j'avois eu au-
tant d'habitude avec les Mufes qu'avec Pega-
fe, j'aurois badiné avec plus de retenuë, &
j'aurois fait entendre plus délicatement & plus
finement certaines chofes qui bleffent étant nuë's,
& qui divertiffent étant voilées?

S P I N O S A.

Au refte, me dit mon fecond Peintre

tre ; cette liberté n'a pas influé fur la continence de fes mœurs, & fes Ennemis les plus acharnez ne lui ont jamais rien reproché fur cet article des Dames. Il les aimoit, mais comme des Minerve qui eft la fageffe. Mon fecond Peintre a mis un Icare en l'air dans l'éloignement de vôtre tableau, & il m'en donna cette raifon ; Pierre Bayle, me dit-il, a voulu rabatre l'orgueil de la raifon, mais il n'a pas affez menagé le Public. Il a donné, cet Icare, il a donné trop d'effor à fon imagination, & il s'eft donné trop de liberté.

B A Y L E.

Je l'avoûe. Prefentement où l'on dit tout ce qu'on penfe, je nomme ces libertez des débauches d'efprit.

S P I N O S A.

Vôtre modeftie merite que j'ajoûte que mon fecond Peintre avoit mis devant vous un miroir, non pas pour marquer quelque pénchant que vous euffiez eu à vous mirer, vous, qui à l'imitation d'Erafme, aviez peur de vous-même, & qui ne permîtes jamais qu'on fit vôtre portrait, quelque inftance qu'on put vous faire vôtre bon Ami Arnou Leers. Ce miroir

miroir, me dit mon Peintre interpréte, est le caractere de Pierre Bayle, le miroir est muet, & de luy-même il ne represente rien, aussi modeste à produire ses propres ouvrages, que fidéle à rendre les images des objets qu'on presente.

Ses Ennemis mêmes n'ont pû se défendre d'admirer la beauté & la fertilité de son genie & l'étenduë de son savoir. Mon miroir, conclud mon second Peintre, est l'Embleme parlante de la pureté des mœurs de Pierre Bayle, de sa memoire miraculeuse, de l'universalité de ses connoissances, de la netteté de son esprit, de la fécondité & de la vivacité de son imagination, & de sa modestie charmante. Un esprit malin qui étoit derriere ce Tableau, rabatit de cet éloge en disant que cette glace étoit le vrai portrait de Bayle, & que comme elle prend toutes figures qu'on lui donne, il épousoit tous les sentimens les plus opposez, par ce caractere pirronien qui étoit son dominant. Le Peintre fit taire ce malin qui osoit critiquer le Tableau d'Apelle, par achever & par dire, que cette glace étoit l'image de la frele & foible complexion de Bayle ; mais que comme une glace cassée conser-

I ve

ve dans tous ſes morceaux le privilege
que le miroir entier poſſedoit, qui eſt de
repreſenter en petit ce que toute la glace repreſentoit en grand, Pierre Bayle
ce corps caſſé ſe répandra par tout le
monde, & qu'il fera toujours l'admiration des gens de bon goût qui ſe
plaiſent aux mignatures.

PAUSE.

BAYLE.

LEs Mortels qui verront ces Por-
traits, s'ils retiennent quelque ran-
cune contre moy, ne manqueront
pas de dire : On les loue où ils ne ſont pas,
on les mépriſe où ils ſont. Mais je les a-
vertis que pour n'être pas jugé, on ne
doit juger perſonne. Mon cher Spinoſa, nous
avons fait deux ou trois fois mention d'E-
raſme ; je regarde de tous les côtez, je
ne le voi pas ſey ; ſeroit-il bien en haut ?

SPINOSA.

Les ſentimens ſont divers, ceux qui
ſont deſraiſonnables, le rangent avec
nous, les équitables, le placent mieux ;

où

où ils ne decident pas de son sort, &
ces derniers sont les plus sages. Avant
de rompre nôtre conversation parlons
un peu de cet homme extraordinaire
dont nous avons tant de fois admiré
la statue d'airain dans la place de Roterdam qui luy fait l'honneur de porter
son nom d'Erasme. Quel jugement en
portez-vous !

BAYLE.

Je sai mon Erasme de bout en bout.
C'est un des prodige du monde ; & ja-
mais Roterdam ne fit une plus riche action
que quand elle uy érigea la statue, qui fait
également l'Eloge d'Erasme , & en celuy de
sa Patrie. Je la nomme le Flambeau de la
Jeunesse. Elle s'anime à l'Etude en voyant la
recompense , & cet Airain tout muet qu'il
est fait plus d'impreßion sur les Ecoliers, que
tous les prix , toutes les menaces , & tous
les châtimens ne pourroient faire.

SPINOSA.

De maniere que ceux de l'autre monde qui vous traitent de nouvel Erasme,
sont vos panegiristes.

BAYLE

Ils le sont : nous simbolizons en bien des
choses. Erasme s'échapa des Moines Reguliers

de Stein près de Tergau, & moy je m'échapay
des Clercs Reguliers de Toulouse. Erasme étoit
mordant dans ses Ecrits, je le fus aussi. Cette
mordacité nous attira egalemen beaucoup d'Ennemis. Erasme avoit un desir merveilleux de
voir réfleurir la pureté de la Foy & des belles Lettres, & il consuma sa vie dans ce
glorieux dessein. J'avois en tête de desabuser
le monde de ses inventions; les Avis aux
Réfugiez que Jurieu m'attribuë, marquent
que j'étois peur la pureté de l'Evangile. Erasme essaya de mettre les Parties d'accord en
matiére de Réligion. Le Projet de paix qu'on
m'attribuë fait voir que je souhaitois la même
chose en matiére d'Etat. Trois Papes firent sen-
tir à Erasme qu'ils avoient envie de le faire
Cardinal, il est vray que ces saints Peres ne
s'expliquent qu'en general, mais leurs Interprê-
tes s'expliquent sur le Chapeau rouge, jusques-
là qu'on alloit luy donner la Prépositure de de-
venter & quelques autres pareilles pour le dis-
poser à cette Eminentißime Dignité. & moy je
n'ay jamais rien brigué; j'ay beaucoup réfusé.

SPINOSA.

Je m'étonne que les Moines & sur
tout, que les Molinistes qui font profession d'être si fidelles Serviteurs du Pape, haïssent Erasme sachant qu'il étoit
destiné au Cardinalat.   La

BAYLE.

La Passion les aveugle, Ils ne reverent non plus, Ferdinand premier qui l'a voulu avoir pour Précepteur, Charlequin qui l'a nommé à un Evêché, l'a fait son Conseiller d'Etat, & Marie Reine d'Hongrie Sœur de cet Empereur qui luy envoya de quoy faire son voyage pour-qu'il vint finir ses jours auprès d'elle à Bruselles, où elle étoit Vice Reine. Tous les Princes de la terre luy ont écrit & ont essayé de l'a-voir auprès d'eux. J'admire tout cela, mais J'admire encore plus qu'Erasme ait réfusé le Chapeau de Cardinal, & qu'il ait regreté d'a-voir eu tant de reputation. C'est le dernier ca-rat de sa modestie

SPINOSA.

Ceux qui se dechainent contre Erasme alleguent, qu'il a pondu les œufs que Luther a couvez; qu'il a été trop hardi en matiere de Religion & qu'il est mort hors de son Monastere. Les Molinistes disent que leur Fondateur leur a defendu la lecture d'Erasme.

BAYLE.

Je ne m'érige pas en Apologiste d'Erasme, mais je rens à un autre le bon office que je voudrois qu'on me rendit. Jamais personne n'a invectivé contre Luther plus fortement qu'Eras-

me

me. Il a composé contre luy son Traité du libre Arbitre : dans ses Lettres il luy lave la tête comme à un chien. Pierre Canisius qu'on a voulu canonizer à la Paix de Nimegue, avoûë qu'Erasme a senti un peu trop hardiment, mais qu'on le luy doit bien passer, pour les biens incomparables qu'il a faits à la République Chrêtienne & savante, & pour les retractations dont il a parsemé ses Ouvrages. Quoiqu'il put quitter son habit de Chanoine Régulier à surpris par la permission des Papes, il a retenu autant qu'il a pû jusqu'à s'exposer à la bastonade prez de Boulogne, où l'Echarpe blanche des Réguliers & celle des Medecins pestiferez sont univoques. Ignace de Loyola n'entendoit pas Erasme quand il le lisoit en 1534. & il s'en dégoûta, parcequ'il avoit lû dans la Préface ou Dédicace de son Manuel du So dat Chrêtien, qu'il condamnoit les nouveaux Instituteurs d'Ordres, luy qui commençoit à enrôler sa Compagnie, qoi avoit dejà échoué au choix de ses trois uniformes Ensaialados, & qui passa à Paris pour mieux réüssir : ce qu'il fit en enrôlant sous son Etandart Xavier & huit autres Heros.

SPINOSA.

Celà étant je croi que si Erasme eut vecu encore 4. ans & qu'il fut arrivé à
l'année

l'année 1540. il auroit batu des mains
à l'établissement de la Société d'Ignace
qui a rapellé les Muses fuiardes, lui qui
n'avoit que cela devant les yeux, à la
bouche, aux mains, & au cœur.

B A Y L E.

Il l'auroit fait à coup seur. C'est dans cette
vûë & par reconnoissance que j'ay épargné ces
Ignaciens dans mes Ecrits & que je n'écrivit
contre Maimbourg qu'après qu'il se fut démo-
linisé.

S P I N O S A.

Donniez vous dans les inclinations
d'Erasme vous qui futes sa copie?

B A Y L E.

Il haïssoit les étuvées & le poisson. Il aimoit le vin de Bourgogne. Moy, je m'accom-
modois de tout. Il n'aimoit pas l'argent non
plus que nous. Il ne mourut pas si pauvre que
nous. La Dissenterie l'emporta. Il tâchoit de
sortir de Bâle en Suisse & de gagner Besançon
pour s'y refaire du vin de Bourgogne, & puis
pour passer à Bruxelles sous les auspices de la
Vice-Reine qui l'attendoit avec impatience. A
la fin il prédit sa mort. il l'attendit d'aussi
pié ferme que nous; & il expira dans des sentimens plus tendres que nous, & implorant la
misericorde de Dieu âgé de 70. ans le 12.
Juillet

Juillet 1535. Toute la Terre a fait son o-
raison funebre, & encore aujourd'huy elle
s'empreſſe à luy ériger par tout des Monumens
de gloire. Il n'eſt pas de Scu'pteur qui ne grave
ſon image. Je croi que c'eſt un effet de ſa rare
modeſtie.

SPINOSA.

Eſt-ce modeſtie que de prendre pour
chiffre un terme, & pour Deviſe, Je ne
cede à perſonne.

BAYLE.

C'en eſt une marque à bien les entendre :
Eraſme qui ſe reconnoît ſi bien par tout, &
qui avoüe qu'il eſt honteux de lui-même, n'a
pas voulu dire qu'il prêtoit le collet à tout le
monde; c'eſt la moindre de ſes penſées, mais
il a ſous-entendu, qu'il n'étoit pas d'humeur
à ſe relâcher en matière de Réligion, puiſqu'il
n'étoit nullement d'humeur à donner dans le
Lutheraniſm ny dans le fanatiſme des faux
Catholiques. Il a voulu dire encore qu'il ne ſe
relâcheroit jamais ſur ce qu'il avoit entrepris,
ſçavoir, d'unir les belles Lettres avec la pieté
& qu'il ne ſe reſoudroit jamais à ſcuffrir la
barbarie dans les Ecoles, ny le cagotiſme dans
l'Egliſe. Il a voulu dire, qu'il ne vendroit
jamais ſa liberté dans aucune Cour.

Si

SPINOSA.

Si j'avois entrepris de luy garantir
ſon chiffre & ſa Deviſe, je n'y aurois
aucune peine : un homme tel qu'Eraſme n'eſt il pas incomparable ? Eraſme qui
de batard, d'enfant de chœur, de Moi-
ne, de demi defroqué, a trouvé le ſe-
cret de ſe faire admirer de l'Univers,
de ſe faire adorer de toutes les Puiſſances, & qui a eu la force de refuſer
les premieres dignitez du monde, Eraſme qui a eû ſur les bras, qui a ſecoüé
tous les Moines irreguliers, qui a honoré tous les Reguliers, qui a eu en tête
toutes les puiſſances du Parnaſſe, Eraſme qui eſt venu à bout de tous ſes ennemis, qui eſt mort au lit d'honneur,
qui eſt honoré de toutes les Sectes, enfin qui a merité une Statue immortelle
au milieu de ſa Patrie. Cet Eraſme n'eſt-
il pas incomparable ? on en dira tout ce
qu'on voudra. Je ſoûtiens hautement
quelque tour que la modeſtie d'Eraſme
ait donné à ſon chifre & à ſa Deviſe,
que c'eſt un terme qui arrête, & qu'il
a pû emprunter le *Non plus ultra* de ſon
Mecéne. On vous a mis ſur le dos un
Projet de paix, & l'on vous en a fait

K   un

un crime d'Etat ; il n'y a plus rien à craindre ici , où les Mortels n'ont pas d'accez sinon pour y être eux -mêmes jugez ; que vous semble de cette Guerre qui regne en Europe ? que jugez-vous de la Paix où l'on dit qu'on s'achemine ?

BAYLE.

Le monde n'est qu'un grain de sable aux yeux du Soleil qui en est éloigné de onze cens mille lieuës. C'est pour une particule de ce grain de sable que les Mortels disputent. Quelle folie ! La France n'a que perdu depuis le commencement de ce Siécle 1700. Elle se releve néanmoins tous les ans, & cet Ismael qui est seul contre tous, & contre qui tout le monde se bande, se releve & se rend redoutable à ses ennemis. A quoy a-t'il tenu que Barcelonne & Turin n'ayent été pris ? Sans la Victoire d'Hogstadt, adieu l'Empire. A quoy a-t'il tenu en 1708. que toute la Belgique n'ait été reprise, que l'Ecosse n'ait été conquise ? Enfin ma France est une serpentine qui toute decoupée qu'elle est se renoüe, se releve, s'éleve & vomit son venin.

SPINOSA.

C'est cela même qui anime les Alliez ; ils disent si nous ne venons pas
à

à bout de la France étant tous unis &
d'auſſi bonne intelligence que nous le
ſommes, que fera-ce de nous, ſi nous
venons à nous ſeparer ? Louïs en fera
de nous ce que Louïs onze fit de ſes
ennemis ; apres les avoir detachez il
les detruiſit tous juſqu'à ſon ſang qui luï
étoit incommode.

BAYLE

C'eſt auſſi que les Alliez aprehendent, ſur-
tout ſi un Prince François eſt Roy d'Eſpagne.
Il ſe ſervira des Tréſors des Indes pour ache-
ver ce qu'il a commencé.

SPINOSA.

Moy, qui n'ay pas étudié la Politique, mais qui voi plus clair icy qu'enhaut, je juge que les Alliez n'ont rien
à apprehender de ce côté-là : il ſe
peut faire qu'un François habitué à
Madrit, devienne Eſpagnol, & qu'il
ſace l'antipatie qui regne entre ces
deux Nations.

BAYLE.

Vous remarquez juſte. J'ay admiré cent
fois que la France remuaſt le Ciel & la
Terre, pour marier un de ces Princes à Mar-
guerite de Flandre, Fille de Louïs ſurnommé
le Male, parcequ'il étoit né & qu'il demeu-
roit

roit volontiers à *Male Château* prez de *Burge.*
C'étoit *Philippe* Fils Cadet de *Jean* Roy de
France. On vint enfin à bout de l'entreprise :
on maria *Philippe de France* à *Marguerite de
Flandre.* Qu'en arriva-t'il ? Il sortit de cette
Alliance des Princes qui mirent la France à
deux doigts de l'abime : il en sortit *Jean Sans-
peur* qui fit massacrer le Duc d'Orleans Frere
de *Charle VI.* Roy de France. Il en sortit
Philippe le Bon qui fit nager la France dans
son sang l'espace de seize ans ; qui arracha la
Couronne à *Charle VII.* & qui la mit sur
la tête du Roy d'Angleterre : Il en sortit
Charle Hardi qui manqua de tuer *Louïs* onze
à *Montlebeyi,* & qui fut sur le point de
luy faire trancher la tête à *Peronne.* Il en
sortit par la Fille de *Charle Hardi* un *Charle-
Quint* qui prit *François I.* à *Pavie :* Il en
sortit un *Philippe II.* qui mit la France sur
le bord du précipice a la bataille de *S. Quen-
tin.* Voilà ce que la France s'est attiré par ce
beni Mariage de *Marguerite de Male;* qu'elle
put nommer de *Mal,* puisqu'elle luy attira
tant de mal. Tant il est vray que les Mortels
les plus clair-voyans sont de jeunes *Zebedée*
qui ne savent pas ce qu'ils demandent.

S P I N O S A.

Il ne s'ensuit pas que la Posterité

Bour-

Bourbonoise lance un jour des flêches
contre la France du haut du Trône où
elle l'a mise.

BAYLE.

Les évenemens paffez font des fanaux pour
les prefens. Cependant les Alliez ne s'ap-
puyent pas fur un avenir incertain, ils veu-
lent l'affermir prefentement. Quand nous étions
de jeunes enfans, nous combattions à qui em-
porteroit le fommes d'un monceau de pierres
ou de terres ; après bien des affauts donnez,
& repouffez, les plus forts l'emportoient ;
Voilà ce qui arrivera dans la prefente Guerre,
les plus forts donneront la loy aux plus foi-
bles. Quittons nôtre Pironifme, & reconnoif-
fons que dans cette prefente Guerre, il y a
une Providence finguliére qui s'en mêle. La
France avoit pris toutes les mefurs les plus
juftes & les plus immancables pour faire réüf-
fir fon deffein. Elles font prefque toutes rom-
puës ; & toute la Terre court à l'affiftance
de la Maifon d'Aûtriche qui étoit à la veille
de déchoir du faîte de fa gloire. La Poéfie
réguliére défend de faire décendre du Ciel
des Divinitez dans la Scene à moins qu'il
n'y ait à déveloper quelque intrigue capitale
& digne de la main d'un Dieu : Cette
Scene eft fur le Téatre de l'Europe, vous y

L   *r. veez*

verrez décendre la main de Dieu, qui se moquant des foibles vûës des Mortels, débrouillera l'intrigue, & apportera la Paix universelle au moins qu'on y songera, & d'une maniére que les grands rafineurs n'euffent ofé s'imaginer.

SPINOSA.

Je le croi comme vous le dites. La Sageffe & la Puiffance de Dieu que nous connoiffons mieux en bas que nous ne faifons en haut, fe joüent des projets & des procez des Mortels.

BAYLE.

Ouy, ouy, Spinofa, nous voyons plus clair d'en bas, que d'enhaut. Il nous arrive icy ce qui nous arrivoit en l'autre monde ; lorfque nous étions enfoncez dans une caverne ou dans quelque réduit, nous découvrions beaucoup mieux les objets de dehors, que quand nous étions en plein jour.

SPINOSA.

C'eft pour la même raifon que les yeux enfoncez voyent plus clair que ceux qui font à fleur de tête,

BAYLE.

Parlons bas, fi les Mortels nous entendoient, ils nous prendroient pour des atéez & pour des damnez, qui reconnoiffent le r

fai.te

fautes paſſée.

SPINOSA.

S'ils oſoient nous quereller, nous
leur répondrions que nous avons bien
fait des choſes pour exercer les eſprits,
& qu'il n'eſt pas dit qu'ayant vecu en
Pironiens ſpeculatifs, nous ſoyons
morts Pironiens effectifs.

BAYLE.

Quoiqu'il en ſoit, ſi j'étois encore à Am-
ſterdam, je parlerois ſur un autre ton, en-
ſuite des lumiéres qui ont éclairé mon eſprit
depuis qu'il a quitté ſa maſſe de chair qui
l'ofuſquoit.

SPINOSA.

Et moy auſſi. Je voudrois qu'il
nous fut permis d'envoyer une Lettre
à l'autre Monde, comme il fut permis
à Jorame ; nous leur écririons dans des
termes à deſabuſer les Mortels, & à
reparer les brêches que nos Ecrits ont
faites.

BAYLE.

Ainſi ſoit-il.

SPINOSA.

Vous avez bien voulu me faire ſentir
que les Mortels ſont des Zebedée qui
ne ſavent ce qu'ils demandent, qu'ils

deman-

demandent de boire d'une coupe où ils
elperent de goûter un vin délicieux, où
au contraire ils ne trouvent que de l'ab-
sinte ; qu'ils demandent au moins l'un
de deux Zebedée, de prendre séance à
la gauche de leur Maître, sans refléchir
que c'est la place où seront les boucs
reprouvez au jour des Retribuions ge-
nerales. Voilà cher Bayle, ce que vous
m'avez très-bien prouvé, en m'expofant
que la France remua Ciel & Terre pour
marier un de ses Cadets, je dis Philippe
Hardi Duc de Bourgogne Fils Cadet de
Jean Roy de France, à Marguerite Com-
tesse & heritiére de Flandre & des plus
riches Provinces de la Belgique, dont
néanmoins la Posterité faillit de perdre
la France.

BAYLE.

Je ne vous ay pas ajoûté que l'Empereur
Joseph premier ⁓ le Roy Charle III. qui dé-
cendent de Ferdinand I. Frere de Charles-
Quint, vont obliger la France à une Paix,
peut être aussi honteufe que fut celle d'Ar-
ras en l'an 1435. où Charle VII. Préde-
cesseur de Louïs XIV. passa par des conditions
si honteufes qu'elles font rougir le papier.

C'est

SPINOSA.

C'est sans doute pour ne faire pas rougir que les Historiens François suppriment autant qu'ils peuvent ce Traité d'Arras, & que lors même qu'ils sont obligez d'en parler, ils renvoyent leurs Lecteurs à Olivier de la Marche qui le rapporte dans ses Memoires. Pour reconnoître vôtre civilité & vôtre érudition qui m'a bien voulu faire toucher que Dieu se moque des courtes vûës des Mortels qui se procurent eux mêmes leur malheur par leurs brigues temeraires, je prens un contrepié, & pour vous faire toucher la même verité par un tour tout contraire, je va vous faire paroître que Jean Sans-peur crut abîmer la France, en faisant assassiner Louïs Duc d'Orleans Frere de Charle VI. Roy de France, il la mit au faîste de sa gloire, puisque ce fut de la race de ce Louïs Duc d'Orleans assassiné que sont sortis des Monarques qui ont fait & qui sont encore l'honneur des Fleurs de Lis.

BAYLE.

Faites-moy voir celà & je diray que vos lunettes d'aproche de ce monde aussi-bien que de l'autre vous font faire des découvertes trés-curieuses. La

SPINOSA.

La Couronne de France fut-elle jamais fur une tête plus digne que fur celle de Loüis XII ?

BAYLE.

Certainement non : il eut avant mourir la pieté de renoncer au Concile de Pife qu'il avoit pratiqué, & il adhéra à celuy de Latran, où il fit lire fon mandement le 14. Decembre l'an 1513. & même il promit de comparoitre pour le fait de la Pragmatique ; à laquelle il avoit auffi renoncé. Pour donner la Paix à fes Peuples, il fe maria à Marie d'Angleterre le 2. Août 1514. En vertu de ce mariage ce bon Roy fournit aux Anglois fix cens mille écus. Son lit Nuptial luy fervit de tombeau. Un devoyément le prit dans fon Hôtel des Tournelles à Paris, & il y mourut le 1. jour de l'an 1514. c'eft à dire 5 mois après fon mariage, âgé de 53. ans, dont il en avoit regné 17.

Loüis XII. étoit d'humeur ouverte, gaye & facile. Il entendoit fes veritez fans fe fâcher. Il ne pouvoit fouffrir qu'on parlât mal des Dames. Il aimoit les Livres & les Lettres. Ce Pere des Peuples ne fouffroit pas qu'ils fuffent la proye des gens de Guerre ny des Grands. Il n'impofoit de Subfide que les

larmes

larmes aux yeux. Ses deux Fils moururent entre les bras des Nourrices. Sa Fil e Claude épousa le Roy François II I donna sa Fille Renée au Duc de Ferrare, petit Prince incapable de luy disputer le Duché de Bretagne.

S P I N O S A.

Hé bien, cher Bayle, savez-vous d'où vint Louïs XII. dont vous venez de faire un si beau portrait ?

B A Y L E.

Je le say, mais j'aime de l'apprendre de vous, parceque vous voulez tirer de là une confequence qui vous fait dire que Dieu se moque des vûës humaines en tirant du bien de quelque méchant effet.

S P I N O S A.

Ce Louïs Duc d'Orleans que vous venez de peindre, fucceda au Roi Charle VIII. comme le plus proche de la Ligne masculine & fon Coufin du troifié-me au quatriéme dégré. La tige d'où il fortit, me fait conclure en faveur de la Divine Providence ; qui fait tirer de l'huile de l'afpic, & des fontaines du fein des rochers. Louïs de France Duc d'Orleans Comte de Valois & d'Angouleme, affaffiné par ordre de Jean Sans peur, eut pour aîné Charle

Duc

Duc d'Orleans & de Milan & Comte
d'Angouleme, & ce Charle fut le Pere
de Louïs XII. que vous venez si bien
de décrire. De maniére , que Louïs
que je nommeray l'assassiné étoit Pere
grand de Louïs XII. Pere de la Patrie.
J'ay une doute à vous faire, d'où vient
que vous mettez la mort de Louïs XII.
dans l'année 1514. puisque tout le monde la met dans l'année 1515.

B A Y L E.

Vôtre doute est raisonnable. Tous les Hi-
storiens François s'y sont trompez, quoique ce
ne fut sous le Regne de Charle IX. qu'on
conta les années du premier jour de Janvier;
les Historiens ont fait leur calcule sur ce pié,
sans refléchir qu'avant Charle IX. & par suite
du tems de Louïs XII. on ne commençoit
l'année que du jour de Pâque qui n'arrive que
le Dimanche d'après la quatorzième Lune de
Mars. Il s'ensuit delà que Louïs XII. ayant
été marié à Marie d'Angleterre le 9. Octobre
de l'an 1514. ce bon Prince mourut au mois
de Janvier de l'an 1514.

S P I N O S A.

Remarque digne de Pierre Bayle, qui
dispute à Jule de l'Ecale (Scaliger) le
surnom de très-Critique. J'acheve de
con-

conclure de la poſterité de Louïs l'aſſaſſiné que Dieu fait tirer le bien du mal.
François I. ſucceda à Louïs XII. par le
même droit que Louïs XII. avoit ſuc-
cedé à Charle VIII. c'eſt-à-dire, par le
droit de premier Prince du Sang Royal
de France. Louïs l'aſſaſſiné eut un troi-
ſiéme Fils, à qui il donna le nom de
Jean qui porte le titre de Jean d'Orleans Comte d'Angouleme. Ce Jean
eut un Fils nommé Charle Comte d'Angouleme, & ce Charle fut Pere de François I. De François I. vint Henri II.
d'Henri II. vinrent les trois Rois ſucceſ-
ſifs François II. Charle IX. & Henri III.
Vous ſavez mieux que moy, comment
Henri IV. Ayeul de Louïs XIV. monta
ſur le Trône des Fleurs de Lis & j'attens de vous cet éclairciſſement.

BAYLE.

Je vous le donne avec plaiſir : Saint Louïs
eut un Fils nommé Robert Comte de Clermont
Seigneur de Bourbon, dont voicy les Decendans:
Louïs I. Pierre I. Louïs II. Jean I. Charle I.
Jean II. & Louïs III. Louïs III. étant mort
ſans Enfans Clermon, Bourbon, la Marche,
Auvergne, & Monpenſier qui entrerent dans les
Decendans de Robert de Clairmont, remonterent

à Pierre II. Fils de Jean II. Conétable de France.
Le plus proche de ce Pierre II. étoit Louïs de
Bourbon, premier Comte de Monpensier, Pere
de Gilbert Viceroy de Naples. Gilbert fut Pere
de Charle II. Conétable de France. Charle II. fut
Pere de François mort ans Enfans. Ainsi il
faut encore remonter à Jaque de Bourbon premier du nom Comte de la marche & de Pon-
tieu, Connêtable de France. Jaque II. fut Pere
de Jean. Jean fut Pere de Jaque II. Roy de
Sicile, de Louïs Comte de Vandome, & de Leonor
de Bourbon-Marche-Perdiac & Castre, Duchesse
de Nemours. Cette Ligne de Jaque II. s'étei-
gnit encore, ainsi il fallut remonter à Louïs de
Bourbon Comte de Vandome Fils puiné de Jean
Comte de la Marche, de qui sont sortis les
Ducs de Vandomes, & Louïs XIV. sort de
ces Ducs de Vandome. De ce dernier Louïs
Bourbon Vandome-Marche fut le Pere de Jean
Comte de Vandome. Ce Jean fut le Pere de
François Comte de Vandome & de S. Paul.
François fut Pere de Charle, Charle fut Pere
d'Antoine Roy de Navarre; Antoine fut Pere
de Henri IV. Henri IV. fut Pere de Louïs
XIII. & Louïs XIII. le fut de Louïs XIV.
C'est de Louïs XV. à qui je souhaite la Cou-
ronne quand il verra son Pere âgé de cent
ans.

II

SPINOSA.

Il falloit un Bayle pour débroüiller ces Genéalogies Par combien de fauts, les defcendans de Robert Fils de Saint Louïs, font remontez fur le Trône de France ? Ce n'eft pas cependant là l'objet de mon admiration. J'admire que la Race mafculine de Jean Sans-peur qui fit affaffiner le Duc d'Orleans, foit perie dans Charle Hardi tué devant Nanci , & que les Defcendans de Louïs l'affaffiné foient montez fur le Trône de France par Louïs XII. & par François I. qui dûrent reconnoître pour Ayeuls le premier & le troifiéme Fils de Louïs l'affaffiné.

BAYLE.

Vous avez fujet d'en faire les fujets de vos admirations, je n'en ay pas moins de faire le fujet des miennes, que les Defcendans de Jean Sans-peur que Charle VII. Roy de France fit affaffiner à Montereau , content tant de Rois & d'Empereur: L'arriere petite Fille de Jean Sans-peur époufa l'Empereur Maximilien I. Maximilien fut Pere grand de Charle-Quint. Charle-Quint fut Pere de Ferdinand I. Ferdinand I. fut Pere de Maximilien II. Maximilien II. fut Pere grand de Ferdinand II. Ferdinand II. fut Pere de Ferdinand III. Ferdinand III. fut le Pere de de *Léopol I.* & *Leopol I.* l'est de *Jose h I.* voilà bien des Empereurs qui décendent de *Jean sans-peur* maſſacré à *Montereau,* par voye feminine. Je voi encore bien des Rois de la mê'me ſource femi-nine ; ſçavoir cinq *Philippe* & trois *Charle.*

S P I N O S A.

La Vûë de tou es ces Couronnes pe-ries & periſſables me font regretter de n'avoir pas mieux emploié mon tems, & mon étude à me procurer une Cou-ronne éternelle !

B A Y L E.

C'eſt auſſi là mon regret, que je regrete d'a-voir tant perdu de tem à m'eſcrimer avec furieu. Mon Dictionaire Critique, & vôtre Théologien Politique qui ſont nos Chefs d'œuures, merite-roient de porter le nom de chimére mieux que le Traité par où je me ſuis défendu de l'Avis aux Réfugiez qu'on m'imputoit.

S P I N O S A.

Celà eſt vray. Je voudrois que les Mortels qui s'amuſent toute leur vie non à voir batre des araignées & des mouches comme je faiſois pour me di-vertir , mais à travailler en araignées qui ne prennent que des mouches, apriſ-ſent à nos dépens.

F I N.